অন্তহীন শূন্যতা

প্লাবী প্রধান

Ukiyoto Publishing

All global publishing rights are held by

Ukiyoto Publishing

Published in 2024

Content Copyright © প্লাবী প্রধান

ISBN 9789361720758

Edition 1

All rights reserved.

No part of this publication may be reproduced, transmitted, or stored in a retrieval system, in any form by any means, electronic, mechanical, photocopying, recording or otherwise, without the prior permission of the publisher.

The moral rights of the author have been asserted.

This is a work of fiction. Names, characters, businesses, places, events, locales, and incidents are either the products of the author's imagination or used in a fictitious manner. Any resemblance to actual persons, living or dead, or actual events is purely coincidental.

This book is sold subject to the condition that it shall not by way of trade or otherwise, be lent, resold, hired out or otherwise circulated, without the publisher's prior consent, in any form of binding or cover other than that in which it is published.

www.ukiyoto.com

উৎসর্গ

যে বারবার বাংলায় লেখার উৎসাহ দিয়ে বলেছিলো "তোমার কলম দামী" বইটি তাকেই উৎসর্গ করলাম।

সূচীপত্র

প্রথম ভাগ - অবশেষ

নবপল্লবের অপেক্ষায়	1
বাঁচবো আবার	2
অবশেষ	3
অপ্রেমের ছড়া	4
আধো আলোছায়া	4
দূরের সমন্বয়	6

দ্বিতীয় ভাগ – ইতি তোর 'আদর'

কবির অসুখ	8
আফসোস	9
আলেয়া	10
দূরের সহযাত্রী	11
কবিদের প্রেম	12
প্রেম অবেলায়	13
অকারণ	14
বিদ্রোহ	15
জীবনের যাত্রা	16
দূরত্ব	17
ইতি তোর আদর	18
কবিদের কথোপকথন	19
তুষারপাত	20
জয় হোক ভালোবাসার	21
রোজনামচা	22
অর্থহীন	23
ভালো রাখলাম তোমায়	24
গুনছি সময় শেষের	25
জীবন্ত শব	26

হিসাবের খাতা	27
টমবয়	28
শেষ ঝগড়া	29
এভাবেও ফিরে আসা যায়	30
শেষ রাতের কবিতা	31
ক্ষমা করে দিও	32
চল পালাই	33
সময় ফুরিয়ে এলো	34
অবসাদ	35
ভাঙচুর	36
বিদায়	37
এড্রেনালিন রাশ	38
কাটাকুটি খেলা	39
অবক্ষয়ের মায়ায়	40
মুখ-মুখোশের খেলা	41
বাউণ্ডুলে	42
পরিযায়ী	43
অ্যালগরিদম	44
সমাধি	45
সমীকরণ	46
ডাকনাম	47
অন্তহীন শূন্যতা	48
লেখক প্রসঙ্গে	49

প্রথম ভাগ - অবশেষ

প্লাবী প্রধান

নবপল্লবের অপেক্ষায়

আমাদের যে দিন ছিলো, সে কি একেবারেই গেছে,
নাকি, শুকনো ডালের শুকনো পাতায় জমা অনেক ঋণ?
থাক, তবু তোমার জন্য লিখবো না আর কবিতা কোনো।
শব্দরা সব পড়ুক ঝরে ফাগুন হাওয়ায়।
বিরহ রাগে বিধুরও হোক চঞ্চলা আজ।
তবু যাক চলে যাক, গেছে যে দিন।
ঝোড়ো হাওয়ায় উড়িয়ে নিয়ে যাক সব ঝরাপাতা।
তোমার স্মৃতিও যাক ভেসে যাক আর না ফেরা পথের বাঁকে।
আমি থাকবো আবার নবপল্লবের অপেক্ষায়,
দেখবো কেমন করে মনের ভেতর আবার করে ফাগুন জাগে।
কেমন করে আবার ভ্রমর অপেক্ষায়,
কেমন করে মেলবে ডানা আবার কুঁড়ি।
আমি আজও ভীষণ ভালোবাসতে পারি আগের মতো।
বসন্তটা আজও আমার হয়নি চুরি।

অন্তহীন শূন্যতা

বাঁচবো আবার

এবার তুমিও অবহেলার অন্ধকারে পড়ে থেকে দেখো
উচ্ছল আবেগগুলো কেমন করে দিক হাতড়ায়।
নিরুপায় ইচ্ছেরা কেমন গুমরে মরে কাতর সুরে,
ভেতর ভেতর কেমন ছটপটিয়ে স্পর্শ পেতে চায়।

এবার তুমিও আমার অভ্যাস থেকে মুক্তি পেয়ে দেখো,
কেমন তীব্র দহন জ্বালায় বর্ষা নামে দুচোখ ভরে।
সে বৃষ্টি না জ্বালা মেটায়, না তেষ্টা মেটায়,
কেমন করে শুধুই মনখারাপের গল্প করে।

আমি তো শব্দ দিয়ে বুনবো শহর।
তুমি একলা থেকো বদ্ধ ঘরের স্তব্ধতায়।
আমি উচ্ছল ঝর্ণা হয়ে বইবো আবার উৎস থেকে
আর পাহাড়, নদী, সাগর ভরাবো কবিতায়।

দেখো, তুমি আবার করে ভীষণ রকম চাইবে আমাকে,
আর আমি তখন মিশবো অন্য কোনো মোহনায়।
আর ব্যর্থ সব প্রেমিকগুলো বার্তা পাবে অব্যর্থতার যে,
ভালোবাসার হয়না মরণ কোনো অপ্রেমিকের ছলনায়।

প্রেমের গান তো আমি লিখবো আবার,
নাই বা সে সব তোমায় নিয়ে লেখা হলো।
তুমি বিরহ রাগেও বাজবে না আর আমার গিটারে,
তোমার গায়ে জমবে শুধু উপেক্ষার ধুলো।

অবহেলার অন্ধকারে ছুড়ে ফেলবো তোমায় নির্দ্বিধায়,
যেমন করে ভুলে ভরা কাগজগুলো অযাচিত ভাবে ছড়িয়ে থাকে পথের পাশে।
তোমায় কুড়িয়ে নিয়ে আর লিখতেও চাইবোনা,
নতুন রঙের টানে টানবো তুলি আমার মনের ক্যানভাসে।

প্লাবী প্রধান

অবশেষ

নিশুত রাতে শূন্যতারা ফাঁদ পাতে
আর মন ফিরে যায় ফেলে আসা সে রাস্তাতে,
যার পথের ধুলোয় আজও স্পষ্ট অতীতের ছাপ।
ফিরে যাওয়া যায় না আর তাই শুধুই ফেলে আসা সময়ের ব্যাবধান পরিমাপ।
শব্দগুলো আসছে ঠিকই, কিন্তু কবিতা হওয়ার আগেই কেমন যাচ্ছে ফুরিয়ে।
যেন হাতড়াচ্ছি আমি মুছে যাওয়া সোহাগগুলো,
কিন্তু জানিনা কেন কাছে আসলেই দিচ্ছি গুড়িয়ে!

অপ্রেমের ছড়া

এখনও চোট খেতে বেশ ভালোই লাগে।
দেখোনা, কেমন খাচ্ছি হোঁচট শুকনো ডাঙায়।
এই বুঝি প্রেম তপ্ত আঁচে শুকিয়ে গেলো,
নাকি এখনো পূর্ণ আছে কানায় কানায়?
তোমার ওই জটিল কথার জানি নেইকো মানে,
তবুও খুঁজছি হিসেব কোথায় রইলো ফাঁক।
জানি তোমার যাওয়ার বড্ডো বেশী ছিলো তাড়া।
তাই অনুভূতিরাও তোমার হাতে খেলো এমন দুর্বিপাক।

শোনোনা, এখনও চোট খেতে বেশ দারুন লাগে।
তাইতো লিখছি আজও ভীষণ রকম, তোমায় নিয়ে সেই একই সুরে।
জানি তোমার ভালোবাসা আজ আমার ছন্দ কেটে বেপরোয়ার পথ ধরেছে।
তুমি নাহয় আমায় দুঃখই দাও উজার করে।
সুখগুলোও তো সত্যি ছিলো একটা দিন,
আমি নাহয় এক আকাশ জুড়ে তাদের নিয়েও লিখবো ছড়া।
চরম অপ্রেমেও প্রেম লিখবো আমি,
কিছু কিছু সত্যিকারের আর কিছু নয় নিছকই মনগড়া।

আধো আলোছায়া

দিনগুলো চলে যায়,
কথারও গুমরে মরে
কথা না রাখার যন্ত্রনায়।
এককালের কত অব্যর্থ প্রতিশ্রুতি
আজ ঘন ঘন হাত পাল্টায়।
চলে গেছে যে দিন,
রেখে গেছে অচল কিছু সময়।
আর যেন বাকি আছে কিছু ঋণ:
অস্থির, প্রাণহীন, মৃত, তবু প্রাণের অভিপ্রায়;
না পাওয়ারাও রাতদিন দিক হাতড়ায়।
আর ঘুঁচে গেছে যে মায়া,
তবু আজও আধো আধো আলোছায়া,
পালা করে তুমি-আমি জীবনের কাঠগোড়ায়।

দূরের সমন্বয়

সাগর পাড়ে আজও ঢেউ আছড়ায়,
আর পাহাড় দিয়েও অনুভূতিরা আড়াল না হয়!
তোমার সাথে আজ আমার অনেক দূরের সমন্বয়।
এই লক্ষ যোজনের দূরত্ব,
তাই দূর পাহাড়ে স্বেচ্ছা নির্বাসন;
আজ আর শব্দ দিয়ে ছোঁয়া হয়না,
শুধুই কথা হয়।

তুমি জানতেও চাইলে না তোমার জন্য কত কবিতা লেখা হলো!
জানলে বুঝতে শুকনো ক্ষত এখনও কতখানি রক্ত ঝরায়!
কেউ আমায় ভালোবেসে হচ্ছে পাগল,
কেউ বা আমায় বাধঁতে দিচ্ছে টেনে প্রেমের আগল;
আর আমি ভেবে মরি শুধু তোমায়: ভালোবাসায়...প্রতারণায়।

দ্বিতীয় ভাগ — ইতি তোর 'আদর'

কবির অসুখ

কবিরা বারবার প্রেমে পড়ে, বারবার হারায়।
উত্তাল তরঙ্গেও নৌবিহারের শৌখিনতায়।
ক্ষত বিক্ষত হাত, তবু আলো আঁধারেতে কাটাকুটি খেলা।
পার করে কত শত তমসা, তবু যেন পরে আছে একটুকু বেলা।
শেষরাতে ঘরে ফেরে বুক ফাটা কান্না আর রক্তিম অশ্রুস্নান,
মননে মৃত্যু তবু লেখে বেঁচে থাকার গান।
ভাবে এইবার শেষ তবে, পৃষ্ঠাও শেষ হয় প্রায়।
মন মরে মরুভূমি, তবু বালি চিড়ে ফের সবুজ হাতছানি দেয়।
কবিরা বারবার প্রেমে পড়ে, বারবার হারায়।
মরা ডালে বারবার ফুল ফোটে আর কবিতার খাতা ভরায়।

আফসোস

অনেক গুলো তপ্ত, প্রাণহীন বসন্ত শেষে যখন নবপল্লব নিয়ে এলেই প্রিয়,
তবু তোমায় বলতে পারবো না একসাথে বুড়ো হওয়ার কথা,
পাহাড়ীয়া নদীতে একসাথে পাথর খোঁজার কথা,
বা ঢেউয়ের উপর ঢেউ আছড়ালে যে তরঙ্গ হয় তা অনুভব করার কথা।
তোমাকে পাওয়ার ইচ্ছা প্রকাশ না করলেও,
তোমাকে না পাওয়ার আফসোস সারাজীবন থাকবে।

আলেয়া

কত কাছে থেকেও ছোঁয়া হয়না,
আর কত দূরে থেকেও জাগে শিহরণ।
জানি ও শরীর ছুঁতে মানা,
ঐ হাত ধরে হাঁটাতেও আছে হাজার বারণ।
তবু ছুঁয়ে ফেলি তোমায় রোজ কবিতায়।
অনুভূতিরা ভোররাতে কবিতা হয়ে জাগায়।
আমি শব্দ বুনি, খুব যত্নে শুনি তোমার পিছুটান।
আমি আচ্ছন্ন হয়ে পড়ছি আবার,
সব ছেড়ে দিয়েও লিখছি আবার ঘরে ফেরার গান।
তোমার ভেতরে যে সমুদ্র উত্তাল আজ তরঙ্গে,
তা বারবার এসে আছড়ে পড়ছে আমার কিনারায়।
আমিও সব নিষেধ ভেঙে মাখছি সে আদর,
আবার করে কি তবে আমিও অপেক্ষায়?

প্লাবী প্রধান

দূরের সহযাত্রী

সময় টা আর কবেই বা কার হাতে ছিলো,
আর যানজটেও অনেকটা হলো দেরি।
মাঝিও ক্লান্ত অপেক্ষায়,
আমিও শ্রান্ত চোখে দেখি, ঐ চলে যায় ঘরে ফেরার শেষ ফেরি।
ঘরে ফেরা আর আমার হলোনা কোনোদিনও,
আমি তো বরাবরই নিরুদ্দেশের যাত্রী।
রাতের পরে দিন, দিনের পরে রাত হয়,
তবু কাল ঘোচে না চিরকালের কালরাত্রির।
যানজটে বেশ অনেক সময় গেল,
তবু গান আর কবিতার মায়ায় হলাম আমরা দূরের সহযাত্রী।

কবিদের প্রেম

শোনো প্রিয়,
প্রকাশ্যে ছোঁবো একে-অপরকে শব্দ দিয়ে;
কবিতায় কবিতায় রাঙা হবে দুটি হৃদয়।
সবাই পড়বে শুধু কথাগুলো,
দেখো যেন কেউ ভালোবাসার হদিস না পায়।
আর অন্তরালে, দেখো যেন কেউ না শোনে দুটি শরীরের শিহরণ।
তোমার ঠোঁটের নেশায় মাতাল হয়ে লিখবো তোমার সারা শরীর জুড়ে।
দেখো, আর মানবো না কোনো বারণ।
আমার সাথে পথ হারাবে, দিক ভুলে ঐ পাহাড় কোলে?
সারাটা জীবন ধরে দেখবো তোমায়, ধীরে ধীরে লিখবো তোমায়,
যত্ন করে বুকের মাঝে রাখবো তোমায় শুধুই আমার বলে।

প্রেম অবেলায়

আবছায়া যত মায়া যেন আলো খুঁজে পায়।
দিন বয়ে আনে বেঁচে থাকার ঋণ,
জানি এও শেষ হবে একদিন,
সবই শুধু সময়ের অপেক্ষায়।
তবু পরে থাকা অবশেষ যেন প্রাণ ফিরে পায়,
আশারাও শেষবার দিক হাতড়ায়:
এই বুঝি সেই তবে, দিনগোনা ছিলো যার আশায়!
নাও যদি হয়, তবু
সব নিয়ে কবি থাক বেঁচে কবিতায়।
মন আবারও যাবে বুঝে যে,
জীবন মানে তো মিছে কিছু কাঁদা হাসা, ভালোবাসা, ভালোথাকার অভিনয়।
সব ই মরীচিকার মায়া, দুদিনের আবেগ বই তো নয়!

অকারণ

কত সুর ওঠে আজও গানে,
কত কথা বাঁধা থাকে কবিতায়।
অকারণ মন তবু জানে
সবই শুধু মন ভোলাবায়।
কথা যদি তবু এক থাকে,
মুখগুলো শুধু পাল্টায়।
একঘেয়ে বেঁচে থাকা জানে,
কবি বেঁচে থাকে গাঢ় যন্ত্রনায়।
কত শত ক্ষত আজও জানে,
মন আজও ক্ষত বিক্ষত হওয়ার অপেক্ষায়।
কত শত কথা শুধু কাঁদে
কথা না রাখার যন্ত্রনায়।
আবার হারাবো জেনেও
অবুঝ মন নিরুপায়।

বিদ্রোহ

সামাজিক বাধা না মেনে কবিতারা যদি মাথাচাড়া দিতে চায়,
তবে তাকে তাই দিতে দাও।
বিধিনিষেধের জটিলতায় কেন তাকে আটকাও?
ভাঙুক সে জটিলতার পাহাড়,
টেনে আনুক প্রেমকে সমতলে।
মাঝের পনেরোশো কিলোমিটারের দূরত্ব থাকা সত্ত্বেও
কবিদের কলম সত্যিকারেই যেন শরীর ছুঁয়ে কথা বলে।

আঙ্গুল দিয়ে শরীর ছুঁলো যারা, সামাজিকতা তারাই ভেবে যাক।
তুমি আমি কলম দিয়ে ছোঁবো,
বেহিসেবি হিসেব মানবো নাকো...
যদি হয় তবে হোক রক্তপাত।
আমি পাহাড়ে আর তুমি সমতলে,
মাঝে পনেরোশো কিলোমিটারের দূরত্ব,
তবু আমাদের ভালোবাসায় অপ্রেমিকদেরও হৃদয়ে হোক প্রেমের অগ্নুৎপাত।
তোমার সুরে আর আমার কলমে লেখা হোক নতুন করে ভালোবাসার ধারাপাত।

কবিরা লড়ছে কাগজে কলমে,
ক্ষতবিক্ষত হৃদয় ঝরাচ্ছে কাগজে রক্তপাত।
ভালোবাসা, বিদ্রোহ, একসাথে থাকার ইচ্ছারা অমর হয়ে বাঁচুক,
মিছে আইনের ভয় দেখিয়ে অত্যাচারেরা নিপাত যাক।

জীবনের যাত্রা

কার বুকে যে কত ক্ষত সে কি আর দ্রষ্টা বোঝে?
প্রাণঘাতি যন্ত্রনারা সময়ের অন্তরাল খোঁজে।
ভালো থেকো বলে সবাই চলে যায়,
ভালো রাখতে কেউ থাকে না।
অগত্যা অবেলায় একা নিরুপায়,
আলেয়ার মোহ আজও যেন কাটেনা!
সময় এগিয়ে চলে বাঁধা গতে,
তবু চেপে রাখা ক্ষতরা মাঝরাতে বেড়ে ওঠে।
সত্যিগুলো সব স্বপ্ন হয়ে হঠাৎ করেই ঘুম ভাঙায়,
আর এক ঝটকায় সম্পর্কেরা সমীকরণ পাল্টায়।
তবু জীবন এগিয়ে চলে, এ যেন এক সীমাহীন যাত্রা,
হাত পাল্টায়, প্রেম অবেলায়, ভোর হয়, তবু যেন কাটেনা অন্ধকার রাতটা।

দূরত্ব

জানি আমি কেউ নই তোর,
তাও তো রাত্রি কেটে হলো অনেক ভোর।
তুই আজ থেকে অন্য কারো বুকের খাঁজে খুঁজবি আদর,
আর আমি তোর ফেলে যাওয়া গন্ধে হয়ে থাকবো বিভোর।
আমার সারা শরীর জুড়ে, নাভির খাঁজে, বা বুকের মাঝে,
দেখবো আজ, পায়ের খাঁজে তোর দেওয়া ঐ স্নিগ্ধ ব্যাথা,
নাকি মনখারাপেরা বেশি বাজে!
আমি মাঝরাতেতে একলা খাটে,
মাখবো আদর কল্পনাতে।
অনেক দূরে থাকবো আমি আঘ্রানে তোর মাতাল হয়ে,
আর তুই থাকবি অন্য কারোর বিছানাতে।

ইতি তোর আদর

রাতজাগা জোনাকি।
সব ছেড়ে পাহাড়িয়া প্রেমে ভেসে,
আবছায়া শহরের মায়া কি?
ফিকে হয়ে যায় সব শহুরিয়া প্রান্তর।
ঝাঁক বেঁধে যায় উড়ে পিছুটানগুলো,
অবশেষ থাকে পড়ে ডাকনামি নাম তোর।

তোর দেওয়া 'আদর' নামের আদরে
হঠাৎ হরমোনের উদ্রেকও ফিকে হয়ে যায়।
সামলাচ্ছি অহেতুক এই যৌবন,
সন্ন্যাসীনি জীবন কাটাচ্ছি আমি পাহাড় চুড়ায়।

তোর আবদারে তোলা যত ছবি,
পাহাড়ের গায়ে পথের দূরত্ব মাপে
আর ঝর্ণায় ঝরে তোর চোখের জলছবি।
আমার জানালায় জমে থাকা মেঘে দেখি তোর যত অভিমান।
হাজার বার দূরে ঠেলেও তোকে চাইছি আবার করে হায়...
সব জেনেও যে তোর-আমার প্রেমের ঠাঁই নেই ওই শহরের হৃদয়হীনতায়।

কবিদের কথোপকথন

আমি:- পাহাড়ের গা ঘেঁষে মেঘেদের বাড়ি।
পাহাড়িয়া প্রেমে পড়ে আজ দেবো তোর সাথে আড়ি।
সে:- তোমার স্টেশন অনেক দূর,
অপেক্ষার অবসান ঘটানো নতুন সুর,
আমি থাকবো দাঁড়িয়ে সেই চেনা ঠিকানায়,
শুধু তোমাকে দেখার প্রতিদিনের বাহানায়।
আমি:- না যদি ফিরি তবে চিঠি লিখো মেঘেদের ঠিকানায়,
তারাও যে আজ বড় বেশী করে আমায় মায়ায় জড়ায়।
সে:- বৃষ্টি পড়ুক, ভিজে যাক সব চিঠির কথা,
অজান্তে হারানো সুখ, বোঝেনা মেঘেদের মনের ব্যাথা।
আমি:- তবে চলে এসো, ঘর বাঁধি পাহাড়ের কোল জুড়ে।
এতকালের সব স্থবিরতা ছেড়ে চলো হই ভবঘুরে।
সে:- আমাদের বাড়িতে একটা ঘর, স্বপ্নের এই মন শহর,
দুইজোড়া হাত ধার-বাকিতে,
ভালোবাসার ঋণ মেটাবে শেষ হাসিটা।
আমি:- শহরের কোলাহলে ফিরবো না আমি আর।
থাক পড়ে আছে যত শহুরে ব্যাথার পাহাড়।
এখানে মেঘেরা এসে কপালে চুম দিয়ে যায়,
জমে থাকা ব্যাথা গলে পাহাড়ের বাঁকে বৃষ্টি ঝরায়।
পাহাড়ের কোল বলে আয় ছুটে আয়।
আমিও সব ছেড়ে চাই যেতে,
তবু পারছি কি আর?
মন আবারও মোহাবেশে যায় ভেসে তুষারপাতের মায়ায়।

অন্তহীন শূন্যতা

তুষারপাত

তোমার উপর যখন সত্যি সত্যি রাগ করতাম,
তখনও বুঝিনি তোমার উপর মিথ্যে রাগের অভিনয়ে এতো কষ্ট হবে!
তোমার চোখের মায়াগুলো আজ আমার চোখের অশ্রু হয়ে ঝরছে।
তোমার যত আবোলতাবোল কথাগুলোর অনুপস্থিতি
আজ আমার কানে বড়ো বাজছে।
তোমার ছেলেমানুষি আবদারের অপেক্ষায় আজ হৃদয় আকুল।
আজ কবিতায় কথা এলেও ছন্দ নেই,
যেন শ্বাস নিচ্ছি আমি ক্রমাগত শীতল এই মৃতদেহেই।
আর কবিতা দিয়ে কাটাচ্ছি অবিরত অপেক্ষার এই অনির্দিষ্ট সময়।
যেন তুমি আমি আজ সত্যি অনেক দূরে,
আর মাঝে এক অসম্ভবের পাহাড়!
কই, এর আগে তো কখনো পনেরশো একুশ কিলোমিটারের দূরত্বে
এতো দূরত্ব অনুভব হয়নি!

প্লাবী প্রধান

জয় হোক ভালোবাসার

মাঝে পনেরশো কিলোমিটারের দূরত্ব, আর একটা কাঁচের আবরণ।
এতো দূর থেকেও স্পষ্ট তোমার চোখের নিচের কালি, চেহারার মলিনতা, ঔজ্জ্বল্য হারানো মুখ,
কিন্তু তোমার সব ক্ষতয় হাত বুলিয়ে বলতে পারা যে তোমায় খুব ভালোবাসি,
তাতে আছে পনেরশো কিলোমিটারের দূরত্ব আর আইনের জটিলতার বারণ।

তবু কি আটকে আছে ভালোবাসা?
আগল ভেঙে বারবার বেড়িয়ে আসছে খাঁচা থেকে;
আইন মনকে রুখবে কি করে?
সে যে খাঁচা ভেঙে এই অবেলায় মুক্তির স্বাদ পেয়েছে।
আইন তাকে রুখবে কোন ধারায়, কোন অপরাধে, কোন গরাদে আর কোন ফাঁদে?
ভালোবাসা যদি অপরাধ হয়, তবে শাস্তি পাক হৃদয়।
শরীর...? হাহা... তাকে তো তারা আইনের জোরে পেতে চেয়েছে বহুবার, পেয়েওছে;
তবু কি পেয়েছে সবটা?
পেয়েছে কি সেই মুগ্ধ চোখের চাহনি, সেই লাল রঙ দিয়ে কপাল ছোঁয়ার আকুলতা?
তাই এবারেও যদি শাস্তি দিতে চায় তারা শরীরটাকে,
মানসিক অত্যাচারের কারাগার থেকে পাঠাতে চায় তাকে আইনের কারাগারে,
তবে এবারেও তারা শুধু শরীর পাবে।
কারাগারের গরাদ আটকাতে পারবেনা ভালোবাসার বহমানতা,
সে আপন ছন্দে বইবে রন্ধ্রে রন্ধ্রে।
সে বইবে দেশ কাল সামাজিকতার মিথ্যা বেড়া ভেঙে।

এক হওয়া শুধুই সময়ের অপেক্ষা জেনো।

কেউ কংক্রিটের ঘরের দখল নিয়ে এতই মেতে,
মনের ঘরের হদিস সে না রাখে।
আর কেউ ইচ্ছে করে সব ছুঁড়ে ফেলে শুধুই মন পাওয়ার অভিলাষে।
যে ঘরের দখল চায়, সে শরীর পেতেও আইন দেখায় প্রতিরাতে,
তবু কবিতার কথা, গানের সুর সব তাকেই বয়ে নিয়ে চলে, যে আছে মনে,
ভালোবাসা বয়ে চলে সময়ের ধারাপাতে।

রোজনামচা

শরীরের দৌড়ঝাপ শুরু হয়ে যায় ভোর হতেই,
আর মনটা যেন তবুও ভেতর ভেতর কোথায়
স্মৃতিচারণ করতে থাকে প্রাচীন কোনো ক্ষতর;
আলো ফোটে, তবু রাত ঘোঁচে না।

আসলে পাহাড়ের গায়ে ফুটে ওঠা এক একটা আলোর বিন্দু
এক একটা স্বপ্নের মতো:
সকাল হলেই যার আর অস্তিত্ব থাকে না।
তবু একটা সময়ের পর আমরা বুঝতে পারি যে শুধুই শান্তি প্রয়োজন।
দিনের মায়াজালকে রাতের মিথ্যে স্বপ্নের নাম দেওয়ার থেকে,
জোর করে পাওয়ার থেকে,
সারাদিন শরীরী কথা ভেবে স্বনির্বাচিত একাকিত্বকে উসকে দেওয়ার থেকে,
রাতে ভালো ঘুম হওয়া বেশি দরকার।
বয়স না, সময়ের ঝঞ্ঝা শিখিয়ে দেয় যে ঘুমটা বেশি প্রয়োজন।
সে ঘুম জোর করে ব্যস্ত থাকার ক্লান্তিতে হোক,
বা ভেজা চোখে এমনি এমনি ঘুমিয়ে পড়া!
তবু ঘুম আসুক:
চিরতরে বা শুধুই রাত টুকু কাটানোর জন্য।

অর্থহীন

আগুনের তাপে হাত পুড়িয়ে মা যেমন প্রদীপের তাপ দেয়,
তেমনই তোমার থেকে দুঃখ পাওয়া সত্ত্বেও
তোমার সংসারটা সাজিয়ে দিলাম...

কারণ টা কি জানো?
যাগ্ গে... কারণ জানাটা আজ তোমার কাছে অর্থহীন...

ভালো রাখলাম তোমায়

তোমায় সৌখিন টবে সাজিয়ে আমি থেকে গেলাম আগাছার মতো,
আমার ভাঙা বাড়ির ধসে যাওয়া ইটের খাঁজে।
যেখান থেকে প্রতিনিয়ত শুনবো মরে যাওয়া অতীতের শব্দ।
অবজ্ঞায় মুখ ফেরাবে সবাই, ফাটলের দোষও দেবে আমায়।
তবু আমি বলবো না, আসলে ফাটলের মাঝে নিজের শিকড় দিয়ে সংযোগ রক্ষা আমিই করলাম,
নড়বড়ে ইট গুলোকে আবার করে আমিই বাঁধলাম।
যে ঘরের ফুলদানীতে আজ তুমি স্বাগৌরবে আসীন,
সে ঘর যে আমি মান খুইয়ে প্রতিনিয়ত রক্ষা করে যাচ্ছি,
কাউকে জানতে দেব না।
কাউকে বলবো না, সব দোষ আমি নিয়ে থেকে যাবো।
হাজার অধিকার থাকা সত্ত্বেও
তোমার পাশের ফুলদানিতে থাকার চেষ্টাও করবো না।

শেষ বিদায়ের সংলাপে শুধু 'ভালো থেকো' বলে যাবণিকাপাত করলাম না।
ভালো রাখার দায়িত্বও তো আমারই ছিলো।
তাই ভালো রাখলাম তোমায়।

নাহ্, মহান হওয়ার অহংকারে এসব করছি না।
যদিও তুমি আমায় অহংকারী ই বলো!

যাগ্ গে... কারণ জানাটা আজ তোমার কাছে অর্থহীন...

প্লাবী প্রধান

গুনছি সময় শেষের

অনেকগুলো বছর হলো ঘুম আসেনা,
ক্লান্ত হয়ে ঘুমিয়ে পড়ি।
মরুভূমির ন্যায় শূন্য এই জীবনটাকে
রোজ জোর করে ব্যস্ততায় ভরি;
পাছে সময় পেলেই মন উপলব্ধি করে
কি এক সুসজ্জিত আবরণে ঢেকে
আসলে আমি এক খালি জীবনকে বয়ে নিয়ে চলেছি!
আমার বলে যা ই আঁকড়ে ধরি,
সব-ই আমায় শূন্য করে চলে যায়।
জানিনা আমি নিজেই কি মরুভূমি,
নাকি মরুভূমি আমার আঙিনায়!
না ফুল ফোটে, না ফল ধরে,
শুধুই বয় বালির ঢেউ।
বারবার আমি ই সব হারালাম,
আমাকে হারালোনা কেউ!

জীবন্ত শব

দুঃখ যখন পড়শি বনে যায়,
অশ্রু তখন জৈষ্ঠ্য মাসের খরা।
প্রখর তাপে ফাটছে নরম মাটি,
তবু হাজার চিরেও অন্তস্থলের নরম যায় না ধরা।
রোজ দহন জ্বালায় পুড়ছে যখন,
আর দাহ-র কি দরকার!
মনের অস্তি-র হয়না বিসর্জন
আর দেহের হয় সৎকার!

তবু সকাল থেকে মঞ্চে ভীষণ ভিড়,
জীবন নাট্য ভালোই জমেছে।
ভূত বলে কেউ ভয় পায় না ঠিকই,
কেমন সব শবেরা মেলায় ভিড়েছে।

হিসাবের খাতা

আজ রাত কাটাবো সব অসম্পূর্ণ কবিতাদের সম্পূর্ণতা দিয়ে,
সব খুচরো প্রেমের ঋণ মিটিয়ে,
সব আধখানা প্রেমিকদের মুক্তি দিয়ে,
আর এক তরফা বোকা অনুভূতিদের যুক্তি দিয়ে।
কাল থেকে হবে এক নতুন অধ্যায়:
যেখানে তীব্র যন্ত্রনা না, প্রচন্ড জেদেরা মাথা চাড়া দেয়।
ধ্বংসস্তুপ থেকে চারাগাছ জানান দেয় নতুন প্রাণের।
ছেঁড়া তারে সুর সৃষ্টি হয় নতুন গানের।
ঘুমহীন, দীর্ঘ রাত কল্পনায় ভরে।
একাকিত্বরা যন্ত্রনায় না, ভালোলাগার ছন্দে মরে।
আজ সারারাত শব্দেরা দ্বন্ধ ভুলে ছন্দে ভরাক।
পুরোনো সব ক্ষয় ক্ষতির আধখানা হিসাব আজ থাক।

টমবয়

ফেল করা সহপাঠীরা আজ জীবনের ভালো থাকার দৌড়ে এগিয়ে,
আর আমি সবেতে এগিয়ে থাকতে থাকতে কখন যেন সুখ গুলোকে পেছনে ফেলে এগিয়ে গেছি।
শৃঙ্খলার পাঠ এতটাই মজ্জাগত যে সবাই যখন কাড়াকাড়ি করে অমৃত খাওয়ায় ব্যস্ত ছিলো,
আমি অপেক্ষা করছিলাম আমার পালা আসার, মিললো শুধুই গরল!

শক্ত মেয়ে আমি, কাঁদলে যে 'টমবয়' নাম চলে যাবে,
যা নিয়ে ভেতর ভেতর ছোটো থেকে একপ্রকার গর্ব ফোটে।
আর পাঁচটা মেয়ের থেকে আমি আলাদা, আমি সব পারি:
আমি পারি ভালোবাসার কথা রাখতে অনায়াসে জীবন উৎসর্গ করতে,
আমি পারি পঁচিশ বছরে জেনে বুঝে বিধবা হতে,
আমি পারি আবারও প্রেমে পড়তে, আর বিনা কৈফিয়তে প্রেমিককে চলে যেতে দিতে,
আমি পারি বুকের মাঝে হৃদয়টাকে খামচে ধরে ধমক দিয়ে অন্যের সংসার সাজিয়ে দিতে...
নাহলে 'টমবয়' হওয়ার মান যে থাকেনা!

শেষ ঝগড়া

শেষ ঝগড়ায় হারজিতের হিসেব ছিলো,
নাকি আর একটুক্ষন ধরে রাখার উপায়!
মুখোমুখি কাঠগড়ায় দাঁড় করানো, নাটক সব-ই;
কারণ এই সমাজে আমাদের ভালোবাসা নিরুপায়।
যুক্তি দিয়ে মুক্তির পথ মিললো ঠিকই,
তবু মুক্তি পাচ্ছি কি?
তোমার আমার ফিকে হয়ে যাওয়া অ্যালবামের ধমনিতে
আজও তাজা রক্তের দাগ দেখেছি।
ক্ষতবিক্ষত হচ্ছি দুজন রোজ
আর ফুরিয়ে আসছে সময়।
আজ তুমি আমি দুপক্ষ হয়ে লড়াইয়ের অভিনয়ে,
কারণ এই সমাজে আমাদের ভালোবাসা নিরুপায়।

এভাবেও ফিরে আসা যায়

তোকে দূরে সরিয়ে দেওয়ার পরেও
মনে শান্তি পাচ্ছি কই?
অস্থির হচ্ছি তোকে একটু দেখার জন্য,
জানি আবার হারাবোই।
তুইও লড়লি অনেক সবটা দিয়ে,
সব শেষ করলি আমার জন্য নিজের হাতে:
জীবন, সমাজ, সম্মান...
তবুও মুক্তি পেয়ে আসতে পারলি না কোনো অজুহাতে।

হারিয়ে যাওয়া সব সুখ,
দিতে চাইলো আগন্তুক।
আমি আসক্ত হয়েও সব ঠেলে ফেলে
বাঁচি আমি তোর দ্বিধায়।
এতো ভাঙচুর, রক্তপাত শেষেও তবে
এভাবেও ফিরে আসা যায়!

প্লাবী প্রধান

শেষ রাতের কবিতা

মাথার ভেতর বাড়ছে কথার পাহাড়,
লিখছি জীবন পাতার উপর পাতা।
ঘুমহীন এই দীর্ঘ রাতগুলো,
বাড়ায় তোমায় দেখার ব্যাকুলতা।
আইনের যত জটিল মারপ্যাঁচ,
আমার মাথার ভেতর জটিল হচ্ছে স্নায়ু।
জানি তোমার মুক্তি নেই কখনোই,
স্ট্যালোপাম-এ আমার খইছে মনের আয়ু।

শুধু বিয়ে হলেই প্রেম বৈধ হয় নাকি?
মনের বিয়ের কোন প্রমাণপত্র লাগে?
সে যে এতো আঘাতেও কলম ধরে যায়,
আর তার গিটারও বেজে ওঠে বিরহে বিবাগে।

রাত বাড়ছে যত, খইছি ততো,
আমারো হচ্ছে সরু ছায়া।
এই শহরটাকে ছেড়ে যাওয়ার পরেও,
এই শহর আবার বাড়াচ্ছে থাকার মায়া।
আমিতো পাহাড় থেকে পাহাড় গুনে গুনে
আবার করে শিখছিলাম ধারাপাত।
কেনো আবার সব হিসেব গুলিয়ে দিয়ে
পাহাড় জুড়ে হলো তুষারপাত?

ক্ষমা করে দিও

কলঙ্ক নেওয়ার ভয় ছিলো,
আর ছিলো তোমার ভালোবাসতেও অবিশ্বাস।
তুমি আজ আমার জন্য নিজের সব করলে শেষ,
আর আমারও অপরাধবোধে রুদ্ধ হচ্ছে শ্বাস।

দুটো আলাদা ঘরে বন্দি দুটো শরীর,
মনকে তারা আটকাবে কি করে হায়!
এতো সফলতা নিয়ে কি করবো দুজন বলো,
যখন আমাদের ভালোবাসা নিরুপায়।

প্লাবী প্রধান

চল পালাই

জানালার বাইরে চোখ, হাতে ধরা ফোন, আছি তোর অপেক্ষায়।
কিচ্ছু ভালো লাগছেনা, ক্লস্ট্রোফোবিক এ সময়।
এবার আর মহান হতে পারছিনা, তোকে চাইছি ভীষণ করে...আয়।
খইছে জীবন, চল পালাই, মুক্তি চাই, আর পারছি না এই সীমাহীন যন্ত্রনায়।

সব ছেড়ে তো দিয়েছিলাম তোর সংসার সাজিয়ে,
তবে আবার এমন করে ডাকলি কেনো বল?
নিপাত যাক তোর সামাজিকতা,
সব ছেড়ে আমার সাথে নিরুদ্দেশে চল।

সময় ফুরিয়ে এলো

দুপুর রোদে রুদ্ধশ্বাস একটু দেখার অপেক্ষায়,
এই শহরে তোর আমার প্রেম নিরুপায়।
জানি এর কোনো পরিনাম নেই,
তবু আর একটুক্ষন ছুঁয়ে থাকার উপায়।
শহুরে দূষণ, নাকি ফুরিয়ে আসা সময় গুনতে গুনতে
দমবন্ধ হয়ে আসছে, বহুতলের উপরের খোলা আকাশও আসছে চেপে মনে হয়।

এইত্ত আর কটা দিন,
তারপরও জানি চুকবে না ঋণ,
থাকবি তুই সমতলে আর আমি পাহাড় চুড়োয়।
এই জন্মে আর হলো না রে,
দেখা যাক পরজন্মে যদি প্রেম পরিণতি পায়।

প্লাবী প্রধান

অবসাদ

এই শহরের দূষণে বিষিয়ে উঠছে মন,
কখনো তোকে চাইছিনা, কখনোও বা চাইছি ভীষণ রকম।
মুড সুইং, স্লিপিং পিল, আর চার দেওয়ালে বন্দি এই সময়।
কখনো তুই, কখনো আমি, পালা করে একে অপরের কাঠগোড়ায়।
ক্লান্ত বড়, একদিন হয়তো সব ছেড়ে হঠাৎ হবো নিরুদ্দেশ।
আমি মুক্ত পাখি, তবু তোর জন্য দম আটকে রাখি,
জেনে রাখ খাঁচায় থাকার আমার নেই যে অভ্যেস।
যদি সব ছেড়ে আসতে পারিস, তবেই আয়।
বল আমার সাথে যাযাবর জীবন কাটাতে পারবি নির্দ্বিধায়?

ভাঙচুর

ভাঙছে সম্পর্কের ভীত, তোমায় কষ্ট দিচ্ছি বারবার,
তুমিও অজান্তে দিচ্ছো আমায়।
রক্ত মাংসের এই শরীরে আমার ভগবান হওয়া সম্ভব নয়।
তোমার সব বাধ্যবাধকতার কথা আজ শুধুই অজুহাত মনে হয়,
আমি অনেক ভেঙেচুড়ে গড়ে দেখলাম সাময়িক মহানুভবতা রক্ত মাংসের শরীরে দম আটকায়।
যাকে তুমি সততার প্রমাণ বলো, তা যেন শুধুই ছেলে ভোলানো গান,
আবেশে বন্ধ হওয়া চোখ খুলে গেলেই বিশ্বাসের অবসান।
হয়তো তুমি ভালোবাসো, আর আমি তোমায় বারবার ফেলছি কাঠগড়ায়,
রাস্তার এই দীর্ঘ দূরত্ব আজ আমাদের মাঝে কি তবে দূরত্ব বাড়ায়?

বিদ্রোহী কবি তুমি, গাও তুমি নিয়ম ভাঙার গান।
তিরিশের দোরগোড়ায় এসে যদি মেলালেই এই প্রেমের কবির সাথে তান,
বিদ্রোহ, প্রেম যদি ধরলোই একসুর, মিলেমিশে হলো এক ঐক্যতান,
তবে বলো কেন আমাদের প্রেম বারবার মুখ লুকায়?
বিশ্বাস করো, অনেক ভাঙাগড়া, ক্ষতবিক্ষত হয়ে বুঝলাম,
মানবিক এই দেহে আমার পক্ষে ভগবান হওয়া সম্ভব নয়।

প্লাবী প্রধান

বিদায়

থাকতে পারবোনা জেনেই ফিরতে চাইনি,
তবু ফিরবো বললেই কি ফেরা যায়!
তোমার কথার জালে জড়াচ্ছি রোজ,
রোজ নিজের থেকেই নিজে হচ্ছি নিখোঁজ;
স্লিপিং পিলেরাও কাজ ছেড়েছে,
আমি অবসাদগ্রস্ত হয়ে মৃত্যুর দোরগোড়ায়।
আর তুমি মানসিক রোগকে তুড়ি মেরে দিচ্ছো উড়িয়ে,
বুঝিনা এ ভালোবাসা নাকি শেষ করার অভিপ্রায়!
তোমার পাল্টে যাওয়া কথার ওজনে আমি রোজ ভারী হয়ে ঝরে পড়ি,
এ কেমন ভালো থাকার উপায়?
যে শান্তির খোঁজে একে-অপরের কাছে আসা,
তা নিয়েছে অশান্তির রূপ।
তুমিও আজকাল ভীষণ রকম মুখর, আর আমিও নই নিশ্চুপ।
কবিদের সেই স্নিগ্ধতা যেন হারিয়েছে আজ,
ক্ষোভ জমেছে মনের আনাচ কানাচ;
অতীতে উঁকি দিয়ে দেখো, বা ঘেঁটে দেখো পুরোনো কবিতা।
ভালো দিন আমাদেরও ছিলো, নাকি নাটক সব-ই তা?
তোমায় দোষ দিচ্ছি এমন নয়,
তবু না জানি কি কারণে মন আজ বিষাদময়!
তোমায় নিয়ে আর লিখতে পারছিনা,
যন্ত্রনায় ছিঁড়ছে মাথা, খুঁজছি এর থেকে বেরিয়ে আসার উপায়।
এই দুনিয়া আজ আমার কাছে অবিশ্বাসময়।
সাইক্রাটিস্ট-ই আজ আমার সঙ্গী, স্ট্রেস নেওয়া আমার একেবারেই বারণ,
তবু তোমাকে অমর করে দিয়ে যাচ্ছি কবিতায়।
শোনো প্রিয়, এই গল্প এতদূর-ই লেখা ছিলো;
ভালো থেকো, বন্ধু বিদায়।

এড্রেনালিন রাশ

আবার এক বছর পর লিখছি তোমায়।
শব্দগুলো কি তোমায় ছুঁলো?
যদিও বাস্তবতা এখন আরও-ই নিরুপায়।
তবু সেই চেনা রাস্তায় উড়ছে ধুলো।
সেই চেনা গলি, পথের বাঁক।
তুমি কি পাল্টেছো রাস্তা বাড়ি ফেরার?
অকারণ অপেক্ষায় আমার ধৈর্যেরা হতবাক।

স্মৃতিরা নাড়ছে কড়া,
অনবরত জীবনের ওঠাপড়া।
আঁকড়ে ফেলে আসা প্রেম,
সরিয়ে সময়ের ধুলো,
রাখো কি তুমিও খবর,
স্মৃতির বাষ্প বুঝি তোমারও চশমার কাঁচে,
তোমারও দুচোখ বুঝি ঝাপসা হলো?

প্লাবী প্রধান

কাটাকুটি খেলা

তবু বিদায় বললেই কি সব শেষ হয়?
ভালোবাসা যেন ড্রাগের নেশা,
সময়ে সময়ে ঠিক শ্বাস বাড়ায়:
কখনও ভালোবাসার স্মৃতিতে
তো কখনও তোমার ছলনায়।

আমি তো বেশ করে কষছি হিসাব,
করেছি তোমার জন্য কত ভালোবাসা অপচয়!
হিসাবে আমিও খুব পাকা এখন,
সব কিছুর ঘাটতি পূরণ করবো কবিতায়।
দুনিয়া চেঁচিয়ে চেঁচিয়ে পড়বে তোমার ছলনা,
আমার দুঃখ অমর হবে কবিতায়।
কিন্তু তুমি তোমার এই বিশ্বাসঘাতকতার বিজয়কে অমর করবে কি উপায়?

অবক্ষয়ের মায়ায়

তুমি আজ অন্যের গিটারে সুর তোলো,
হাতে নিয়ে আমার দেওয়া সময়।
আমি সব অধিকার ছেড়েছি বিনা বাক্যব্যয়ে,
বেছে নিয়েছি অবক্ষয়।
আমার স্মৃতি তুমি বয়ে বেড়াও কিনা জানিনা,
তবে তোমার স্মৃতিকে বইতে পারিনি আমি।
যে স্মৃতিকে প্রাণ দিতে চেয়েছিলাম আমরা,
যে স্মৃতি ছিলো সবচেয়ে দামি।
সে স্মৃতিকে গলাটিপে মেরেছি হাতে নিয়ে প্রাণ সংশয়।
চেনা রাস্তায় হাঁটি যেন দুটি অচেনা মানুষ,
শুধু ভালোবাসার অবক্ষয়!
তুমি বেছে নিয়েছো ভালোথাকা,
আর আমার প্রতিটা সময় যুদ্ধময়।
কখনও কখনও ব্লকলিস্টের ভিড়ে খুঁজি চেনা মুখ,
দেখি আমার হারানো সময় আর কারো বহু জন্মের চেনা সুখ।
তোমার সুখীগৃহকোন আরও সুখের হোক,
আমাকে জীবনের যুদ্ধক্ষেত্রেই মানায়।

প্লাবী প্রধান

মুখ-মুখোশের খেলা

ছলনা ভালোবাসার মতোই সুন্দর,
তাই বারবার ছলনায় ভুলে যাই।
কখনো বুঝে, কখনো মনের খেয়ালে
আগুনের মাঝে ঝাঁপাই।
এখনও ভালো লাগে পুড়ে যেতে,
এখনও ভালো লাগে চোট খেতে,
ঘন বর্ষায় ভিজে উত্তাপে ভেসে যেতে।

ভালোবেসে ঠকে গেলে ক্ষতি নেই,
অপ্রেমে যেন কেউ না ঠকায়।
আজও আমি দিতে পারি সে সাগর পাড়ি,
যেথা ঢেউ ওঠে মাঝদরিয়ায়।
যেথা পাহাড় ভেঙেও ভালোবাসা আসে সমতলে,
ঠিক-ভুলেদের হিসাব ভুলে যায়!
ভালোবেসে ঠকে গেলে ক্ষতি নেই,
অপ্রেমে যেন কেউ না ঠকায়।

তারপর যেদিন সব মুখোশগুলো পড়লো খসে,
মুখ-মুখোশের রকম বোঝা দায়!
ছলনার সেই লাস্যময়ী রূপ আজ রূঢ়,
তাকে ঢাকবে আজ কোন কপটোতায়?
মুখোশগুলো খুলে গেলেই বদনামেরা হায়
ব্যবহৃত হয় মুখোশধারীর হাতের ইশারায়।
যে পথের বাঁকে একটু দেখায় অস্থির হতো মন,
সে পথে আজ চেনা দুজনের অচেনার অভিনয়।

বাউন্ডুলে

আমি আর গাই না বিদ্রোহের গান,
আমি সেই মানুষটা আর নেই।
আমি হারিয়ে হারিয়ে ক্লান্ত ভীষণ বড়ো,
একা দাঁড়ানোর সাধ্য আর নেই।

তবু সময় আর ভাবাবেগে বয়ে চলে জীবন,
ভালোথাকা অভিনয় বই-তো নয়!
দিনশেষে সব ফাঁকা,
সারাদিন যতই হোক মিছিমিছি ভালোথাকার অভিনয়।

ফাঁকা রাস্তায় একা পথ হাঁটি,
কত চুপচাপ, তবু দেখ অস্থির বয়ে চলে সময়।

বেহায়া হাওয়ায় ওড়ে চুল।
ট্রেন ছাড়ে স্টেশন,
আমিও ছেড়ে চলি সব;
চেনা যত পথঘাট, অলিগলি,
টাঙিয়ে ছেঁড়া মাস্তুল।

পরিযায়ী

আমায় 'পরিযায়ী' বলে তুমি উড়ে গেলে
তোমার চিরপরিচিত খাঁচায়।
আমি নীড় হীন পাখি,
তোমায় বৃথা ডাকাডাকি;
তাই অন্য বাসা খুঁজেছিলাম আমিও,
একটু বাঁচার আশায়।

আমার বাসা গেলো ভেঙে,
যেন বালির প্রাসাদ!
এক চোরা স্রোতে সব ধূলিসাৎ।
তুমি তোমার প্রিয় খাঁচায় আসীন,
মিছে প্রেমের শিকলে বাঁধা, প্রাণহীন, পরাধীন।
আমি আবার উড়ি শূন্য আকাশে,
প্রেমহীন, স্বাধীন,
হোক না সে আকাশ যতই ফ্যাকাসে।

তুমি সোনার খাঁচা থেকে উঁকি মারো,
আর আমায় 'পরিযায়ী' বলে গাল পাড়ো।
ভেবেছো কি কেমন করে কাটে আমার প্রখর রৌদ্র, বা বৃষ্টিভেজা দিন?

বলো, তবে আবারও পরিযায়ী বলবে,
নাকি নীড় ভাঙ্গা, বাউন্ডুলে পাখি?

অ্যালগরিদম

অধিকারগুলো হাত বদলালো,
ভালোবাসা অবৈধের তকমা আঁটা।
তোমার রঙিন জীবন, আমার রঙহীন, সাদামাটা।
প্রখর খরা, জানিনা চাইছি কিনা তুষারপাত!
হয়তো তুমিও অজান্তে চাইছো দুচোখ ভরে প্লাবন।
শেষ অবধি বলতে আর পারলাম কই সামাজিকতা নিপাত যাক,
তাই দুজন দুজনকে লুকিয়ে দেখার অপরাধে অপরাধী।

অ্যালগরিদম, নাকি সার্চ বাটন এ বারবার খোঁজা চেনা মুখ?
ভালোবাসা, নাকি সাইকিয়াট্রিস্ট ক্লিনিকে সারানো অসুখ!

প্লাবী প্রধান

সমাধি

শান্ত নদী ক্লান্তিহীন আজ,
তবু বৃষ্টি ঝরায়।
দুঃখগুলো গেছে ভেসে কোন সুদূরে,
ঢেউগুলো তবু স্মৃতি ফেরায়।
সকালের শিশিরগুলো কি শেষরাতের কান্নার দাগ?
শব্দহীন যন্ত্রনারা ফুঁফিয়ে কি আজও কাঁদে অভিমানে,
নাকি সময় করেছে তার যবনিকাপাত?
এ বুকে এতো দাফন!
তবু শ্মশানকে দেখেছো কি কখনো নীরবতা চিড়ে আঁচড়াতে?

এগিয়ে চলে জীবনের গাড়ি,
আমিও একে একে স্টেশন ছাড়ি।
এ যেন এক কখনো না শেষ হওয়া অন্তহীন ছুটে চলা।
একটু সময় থেমে, অজানার কাছে তার কথা বলা।
এই অসীম জীবন আর অন্তহীন যাত্রায়,
কত ভুল ঠিক মিশে যায় এক মাত্রায়!
"চিরদিনের জন্য কেউ না, কিচ্ছু না",
যেন মোহ ভেঙে কেউ বলে এক ধাক্কায়।
আমার কবিতার পাতায় সেই সব জলছাপ,
ভুল ঠিকের আর করিনা পরিমাপ।
সব কথা হয়ে থেকে যাবে স্মৃতির পাতায়।
শ্মশানকে দেখেছো কি কখনো নীরবতা চিড়ে বয়ে যাওয়া দিন আঁচড়ায়,
সব ফিরে পাওয়ার আশায়?
যা যা গেছে যাক,
আমার স্বইচ্ছায় উপেক্ষিত অধিকারেরা
কবিতার খাতা ভরাক।

সমীকরণ

দিনশেষে সবাই চলে যায়,
পড়ে থাকে শুধু ফেলে আসা সময়ের ধ্বংসস্তুপ।
কড়িকাঠ ঝুলে থাকে কড়িবড়গায়,
নিশ্চল দুপুরগুলো নিশ্চুপ।
নিঃশব্দ কান্নারা বালিশে আঁকিবুকি আঁকে,
মনে পড়েনা ঠিক,
তবু কি যেন হারিয়ে গেছে পথের বাঁকে,
সময়ের সাথে মিশে গেছে দিকবিদিক।

তবু টুকরো টুকরো কথাগুলো শব্দ হতে চায়,
কোন এক প্রেমে-অপ্রেমে, আবেগে-উদ্বেগে উথেলিত
বহুযুগ আগের অসম্পূর্ণ পঙতি একালের সমন্বয়ের অপেক্ষায়।

ডাকনাম

তোর দেওয়া ডাকনামি নাম পরে থাক
ডাকবাক্সে ও খামে।
হৃদয়ের দেওয়াল লিখনও পড়ুক খোসে,
যা ছিলো তোর নামে।
তবুও পথহারা অভিমানেরা ডাকছে কি
মিথ্যে অভিমানে?
পথচলতি একটু দেখার চেষ্টা শুধু
খেদহীন দৃষ্টিরাই জানে।
জমেছে ধুলো, ঘুরেছে বছর,
ভুলে গেছি সব ভুলচুক।
আজ আর বুঝিনা কষ্ট বেশি কান্না ধরায়
নাকি ফেলে আসা সুখ!
তোর দেওয়া 'আদর' নামের আশকারায়
লিখছি, তবু দ্বন্ধ ধরায় মনে,
কোন অনাদরে রেখেগেলি এমন ছন্দে
কে বা জানে!
তোর গলায় ঝরুক আমার শোক,
আমার কবিতাগুলো ও তোর দুঃখ হোক।
ডাকনামি নাম বেঁচে থাক মিথ্যে অভিমানে।
ভুলে গেছি সব ঝগড়ার কথা,
এখন শুধুই অকারণ কিছু নীরবতা।
তবু তোর থেকে দূরে থাকাই
আমার কপাল লিখন হোক।

অন্তহীন শূন্যতা

এই হঠাৎ বৃষ্টিগুলো কি মুছে দেয় কান্নার ছোপ,
মুক্ত করে জমে থাকা মেঘগুলোকে?
ঝোড়ো হাওয়া কি উড়িয়ে নিয়ে যায় দুঃখগুলো,
আর ছুঁড়ে ফেলে ভুলে যাওয়া পথের বাঁকে?
তাই যদি হয়,
তবে দুকূল ভাসিয়ে আজ বৃষ্টি-ই হোক।
অন্তহীন শূন্যতারা বিসর্জিত হোক অন্তরীপে।
কখনো না ভুলতে পারা ব্যাথা ভুলে,
আজ আবার করে বাঁচার কথা হোক।
আবছায়া চাঁদ আর মায়া না বাড়াক,
আধখানা প্রেমের হোক নিমর্জন।
ছায়াপথ ধরে একা একা ফিরে
সব ব্যাথা জড়ো করে অকাল মৃত্যু না,
কাগজের বুক চিড়ে কবিতা হোক।

অন্তহীন শূন্যতারা কবিতা হয়ে ভরে যাক,
এক একটা শব্দ মেটাক গোপন কিছু শোক।

লেখক প্রসঙ্গে

প্লাবী প্রধান

প্লাবী প্রধান, একাধিক পুরস্কারপ্রাপ্ত ও জাতীয় স্তরের একাধিক লেখা প্রতিযোগিতার বিজয়ী। তিনি মূলত ইংরেজি সাহিত্যের লেখিকা। তিনি স্নাতক, স্নাতকোত্তর, বি.এড. এবং এম.এড. করেছেন ইংরেজি সাহিত্যে। হিউমান রিসোর্স ডেভেলপমেন্ট ও ওয়েলফেয়ার-এ আরেকটি পোস্ট-গ্রাজুয়েশন ডিপ্লোমা করেছেন।

YourQuote.in এ ইনি একজন verified লেখক হিসাবে পরিচিত এবং সেখান থেকে-ই "Untold Verses: Truths of life" নামক quote book প্রকাশ দিয়ে ই তার একক বই প্রকাশের যাত্রা শুরু হয়েছিল 2020 সালে।
তারপর একে একে সৃষ্টি হয় আরও অনেক একক বই।

• তিনি Notion Press দ্বারা 2021 সালে প্রকাশিত "Whenever A Poet's Heart Pops Up" বইটির লেখিকা। তার বইটি বিশ্বব্যাপী প্রায় সব প্রধান ই-কমার্স এবং প্রধান বিদেশী ওয়েবসাইটে পাওয়া যাচ্ছে।

• তিনি Ukiyoto Publishing House দ্বারা 2022 সালে প্রকাশিত "Before Considering It As Pain, It Has Become Poetry" বইটির লেখিকা। তার বইটি বিশ্বব্যাপী প্রায় সব প্রধান ই-কমার্স এবং প্রধান বিদেশী ওয়েবসাইটে পাওয়া যাচ্ছে।

• তিনি Asian Press দ্বারা 2023 সালে প্রকাশিত "PoeTree" বইটির লেখিকা।

• এটি তার দ্বিতীয় বাংলা বই। তার প্রথম বাংলা বই "ঝরাপাতা ও মিঠে রোদ্দুর" প্রকাশিত হয়েছিল 2022 সালে সাতকাহন প্রকাশন-এর হাত ধরে।

• তার কবিতা, মাইক্রো ফিকশন এবং ছোটগল্প এখনো অব্দি 21 টির বেশী জাতীয় ও আন্তর্জাতিক অ্যান্থলজিতে বিভিন্ন প্রকাশনা দ্বারা প্রকাশিত হয়েছে।

• Half Baked Beans Publishing দ্বারা ২০২১ সালের আগস্টে "Bullet Tales" প্রতিযোগিতায় তিনি শীর্ষ ৯ জন লেখকদের মধ্যে নির্বাচিত হন।

• ২০২১ সালের ফেব্রুয়ারিতে Notion Press দ্বারা অনুষ্ঠিত "#versesofLove" লেখার প্রতিযোগিতায় ১০০ জন লেখকের একজন হিসেবে তিনি নির্বাচিত হন এবং তার কবিতা তাদের বইতে প্রকাশিত হয়।

• Half Baked Beans Publishing-এর বার্ষিক মাইক্রো-ফিকশন প্রতিযোগিতায় ২০২১-এ শীর্ষ ২০জন লেখকদের মধ্যে তাকে নির্বাচিত করা হয়েছিল এবং তার মাইক্রো-ফিকশনগুলি তাদের বইতে প্রকাশিত হয়েছে।

•তার গল্প "The Trainer: A Story of Gratitude", ২০২২ সালে StoryMirror Publishing কর্তৃক অনুষ্ঠিত "Written Olympic" প্রতিযোগিতায় ৩য় স্থান অর্জন করেছে।

• তিনি ২০২১ সালের জুলাইয়ে StoryMirror Publishing দ্বারা "Literary Captain" অ্যাওয়ার্ডটি পেয়েছেন।

- তিনি StoryMirror Publishing-er "অথর অফ দ্য ইয়ার ২০২১" অ্যাওয়ার্ডের জন্য মনোনয়ন পেয়েছিলেন।

- তিনি ২০২২ সালের মে মাসে Verse of Silence ম্যাগাজিনের Micro tale প্রতিযোগিতায় শীর্ষ ৩০জন লেখকদের মধ্যে অবস্থান জিতেছেন এবং তার মাইক্রো টেল তাদের পুস্তিকাতে প্রকাশিত হয়েছে।

- তিনি ইন্ডিয়া টপ ১০০ লেখক বিভাগে "Foxclues India Prime Award ২০২২" জিতেছেন।

- তিনি লেখক বিভাগে "GlantorX Women Leadership Award ২০২২" জিতেছেন।

- তিনি Ukiyoto Publishing দ্বারা "ফিকশন - ইমার্জিং অথর অফ দ্য ইয়ার অ্যাওয়ার্ড ২০২২"-এর মাধ্যমে সম্মানিত হয়েছেন।

- বেশ কয়েকটি আন্তর্জাতিক ওয়েবসাইট তার কবিতাগুলিকে তাদের ওয়েবসাইটে স্থান দিয়েছে। তার নাম গুগলে সার্চ করে তার লেখাগুলি খুঁজে পেতে পারেন।

- তার একটি ছোটোগল্প ২০২২ সালে The Association for Children's Literature in South Asia দ্বারা নির্বাচিত হয়েছে তাদের ওয়েবসাইটে প্রকাশ হয়েছে।

- 'এই সময়' পত্রিকা দ্বারা আয়োজিত কবিতা লিখন প্রতিযোগিতায় তিনি দুইবার বিজয়ী হয়েছেন।

- সম্প্রতি কলকাতার University of Engineering and Management এ একটি literary event এ বিচারক হিসাবে ওনাকে আমন্ত্রিত করা হয়।

• তার কবিতার বই সম্পর্কে পর্যালোচনা এবং তার সাক্ষাত্কারগুলি অনলাইনে উপলব্ধ। তার ইনস্টাগ্রাম আইডি @plabipradhan এ বিস্তারিত জানতে পারেন।

•এছাড়াও যেহেতু তিনি একজন Google verified author তাই ওনার সম্পর্কে আরও খুঁটিনাটি বিস্তারিত সেখানে উপলব্ধ।

পাহাড়ের টানে তিনি কিছুদিন উত্তরাখণ্ডের একটি CBSE স্কুলে ইংরেজির শিক্ষিকা হিসাবে শিক্ষকতা করেছিলেন এবং এই বইটির বেশিরভাগ কবিতার সৃষ্টি হয় ওখানে থাকাকালীন-ই।

www.ingramcontent.com/pod-product-compliance
Lightning Source LLC
LaVergne TN
LVHW041551070526
838199LV00046B/1904